KB206949

윤기묵 시집

곰팡이도 꽃이다

곰팡이도 꽃이다

인쇄 · 2025년 6월 5일 | 발행 · 2025년 6월 16일

지은이 · 윤기묵
펴낸이 · 한봉숙
펴낸곳 · 푸른사상사

주간 · 맹문재 | 편집 · 지순이, 김수란 | 마케팅 · 한정규
등록 · 1999년 7월 8일 제2-2876호
주소 · 경기도 파주시 회동길 337-16(서패동 470-6) 푸른사상사
대표전화 · 031) 955-9111(2) | 팩시밀리 · 031) 955-9114
이메일 · prun21c@hanmail.net
홈페이지 · http://www.prun21c.com

ⓒ 윤기묵, 2025

ISBN 979-11-308-2279-2   03810
값 12,000원

푸른사상
시선

206

곰팡이도 꽃이다

윤기묵 시집

푸른사상
PRUNSASANG

한말사대가 김택영과 황현은
나라를 걱정하며 역사서를 쓴 시인이었다
그래서 시인이 역사서를 쓴다는 말이 생겼다
그들이 쓴 역사서는 사시(史詩)였다
정약용은 나라를 걱정하지 않으면 시가 아니고
시대를 슬퍼하고 세속을 개탄하지 않으면
시가 아니라고 했다

코로나19로 세계가 봉쇄되어 있다가
빗장이 풀리자 또 다른 전쟁이 벌어지고 있다
미생물과 공생하지 못해 이 난리를 겪고도
상생의 해법을 찾지 못해 전쟁을 일삼는
인간의 행태가 참으로 어리석다
이러한 시국에 느닷없이 비상계엄이라니
정말 개탄스러운 세속이 아닐 수 없다

역사는 승자의 기록이라 했다
기록이 기억을 지배한다는 말도 있다
그러나 역사에서 교훈을 얻지 못한다면
그따위 기록이 다 무슨 소용이란 말인가
모두를 패자로 만드는 미친 행위를 슬퍼하고
이 어리석음을 꾸짖는 자 시인이다
이 사실을 깨우치는 자 시인이다

2025년 6월
윤기묵

■ 시인의 말

제1부 식물의 기억력

제2부 웃기는 짬뽕

| 차례 |

제3부 다릿목 식당

제4부 부끄러움의 힘

■ 작품 해설

제1부

식물의 기억력

해맞이 풍경

핸드폰 카메라 화면에 수평선을 고정시키고
사람들은 해가 떠오르기만을 기다렸다
감시용 드론이 날아다니는 바닷가 저편에서
마침내 붉은 해가 조금씩 떠오르자
사람들은 와 함성을 지르며 촬영 버튼을 눌러댔다
빨간 풍선을 하늘로 날리는 사람도 있었다
새해 소망을 가장 어리석은 방법으로 날려 보냈다

올 한 해도 열심히 살자고 서로 덕담을 건네며
해를 배경으로 저마다 행복한 사진을 찍었다
무슨 소원을 빌었는지 아무도 묻지 않았다
해맞이 인증 사진을 여기저기 문자로 전송하고
서둘러 카페와 식당 편의점에서 몸을 녹였다
썰물처럼 사람들이 빠져나간 바닷가 백사장엔
너울성 파도를 조심하라는 안내 방송만 흘렀다

세렝게티

세렝게티는 끝없는 초원이다
나무 하나 없는 사바나 평야 지대이다
인간의 존재 자체가 의미 없는 땅이다
이 땅의 주인공은 야생동물이다
먹이를 찾아 끊임없이 이동한다
더 이상 이동하지 않는 인간들은
이들의 집단 이동에 관심이 많다
종족 보존의 본능을 잃어버린 인간들은
이들의 짝짓기 행위에 호기심이 많다
명절날이면 어김없이 텔레비전에 등장한다

동물들의 알 수 없는 행동과 소리를
오래 관찰한 사람이 인간의 언어로 해설한다
그 사람의 해설이 없으면
야생동물의 세상엔 온통 싸움질뿐이다
짝짓기도 싸움으로 쟁취한다
암컷은 싸움에서 이긴 수컷의 구애만 받아들인다
이 대목에서 해설자는 뻔뻔스럽게 말한다

여기는 세렝게티이고
나무 하나 없는 사바나 평야라서
이들의 장엄한 짝짓기를 누구나 볼 수 있다고
명절날이면 어김없이 우리의 수치심을 깨운다

울타리

산양들의 사체가 발견된 곳은
대부분 울타리 근처였다
겨우내 쌓인 눈이 녹지 않는 백두대간
아프리카 돼지 열병을 막겠다고 쳐놓은 울타리가
산양의 이동 통로를 막고 있었다
눈 속에 갇힌 산양은 울타리를 따라 계속 걸었다
넘을 수 있는 울타리 끝을 찾아 헤맸다
어지럽게 이어진 산양의 발자국이 끝난 곳에는
어김없이 산양의 무리가 모여 있었다
굶어 죽거나 얼어 죽은 사체였다

이동을 멈춘 인간은
동물에게 이동이 얼마나 중요한지를 잊었다
동물이 살지 못하면
인간도 살 수 없다는 사실도 잊어버렸다
울타리로 자신을 지켜온 인간은
가장 큰 울타리인 국가의 생존 방식에 복종했다
산양의 죽음을 희생이라 생각하지 않았고

생태계의 기본 원리인 적자생존의 결과라 믿었다
국가의 폭력에 대해선 철저히 침묵했다
겨울이 오기 전에 울타리를 걷어내지 않으면
이 땅에 더 이상 산양은 없다

생존과 독식

자연이 만든 적자생존과
인간이 만든 승자독식은 전혀 다른 것이다

적응 못 하여 살아남지 못했다면
자연이 저토록 아름다울 리 없고

다 갖고도 더 가지려는 욕망뿐이었다면
인간이 이토록 잔인할 리 없다

적자생존의 기본은 공생이지만
승자독식의 원칙은 씨를 말리는 것이다

시천주

인내천(人乃天)이라 하여
사람이 곧 하늘인 줄만 알았는데
시천주(侍天主)라 하여
사람은 누구나 한울을 모시고 있다는구나
한울을 모시고 있는 사람이 하늘이라는구나
하늘은 큰 우리라는 뜻의 한울과 통하고
한울은 사람을 하늘처럼 섬긴다는 뜻과 통하니
사람은 누구나 하늘을 모시고 있는
위대한 존재라는구나

사람만 하늘처럼 섬기는 것이 아니라
천지만물도 하늘처럼 모시고 섬긴다는구나
풀 한 포기 나무 한 그루도
겨우 하루만 사는 벌레조차도 소중한 존재라는구나
하늘과 사람 만물을 섬기는 사상은
세상 어디에도 없는 생명사상이라는구나
생명 존중만이 인류가 살고
지구를 살릴 수 있는 유일한 길이라는구나
사람만이 할 수 있는 위대한 일이라는구나

여수 밤바다에 묻다

여수 밤바다는 하늘도 바다
빨간 하멜등대 위로
케이블카가 은하수로 떠다니는

여수 밤바다는 사람도 바다
거북선대교 밑으로
낭만포차마다 돌문어삼합이 익어가는

술을 마셔도 취하지 않는
어쩌다 취하면 낭만에 취했다는 바다

하멜의 야반도주 길을 열어주고
여순 사건의 실타래를 풀어준 바다

갯벌을 물들이는 여자만 노을처럼
하늘과 땅의 경계를 지우고
이념과 관념의 경계를 지워준 바다

한 사람이 길목을 잘 지키면

천 명의 적을 막는다 했던 이순신 장군이
지금도 두 눈 부릅뜨고 지키는 바다

그 바다에 원전 오염수를 방류해도
항의는커녕 문제 없다고 강변하는 당신들
이 땅에 사는 사람 맞는지

창피해서 묻지도 못하는 여수 밤바다

별천지 마을에 텅 빈 별자리

경상북도 어느 농업기술센터 회의실에서
농촌지도소 역대 소장들의 사진을 보았다
초대부터 21대까지 60년 세월의 풍상이
반듯하고 엄숙한 모습으로 걸려 있었다
새마을운동에 앞장섰던 세대는 흑백사진이었고
지방 소멸을 걱정하는 세대는 컬러사진이었다

엄숙한 얼굴에 고단한 표정도 보였는데
컬러사진에 그 흔적이 더 뚜렷했다
갈수록 시골살이가 힘에 부쳤던 것이다
봄 가뭄과 여름 장마 가을 태풍은 기본이었고
기후 변화로 천시(天時)가 무시로 바뀌는 탓에
토양검정 시비처방 같은 과학영농도 소용 없었다
꿈의 농사라는 스마트 팜은 그림의 떡이었다

문명의 뿌리라던 소농이 무너지자
더 이상 버틸 수 없었던 사람들은 떠나가고
이제 별천지 마을에 텅 빈 별자리만 남았다

울릉도 다음으로 인구가 적다는 이 마을에서
그나마 남은 사람만이라도 잘 살기를 기원하니
엄숙한 표정이 마치 복자(福者)의 얼굴 같아서
나도 모르게 고개 숙여 경의를 표하였다

최소량의 법칙

초보 농사꾼들은
실패를 통해 농사를 배운다
최소량의 법칙도 실패하면서 체득한다
식물의 성장을 좌우하는 것은
풍부한 영양소가 아니라
그중에서 가장 부족한 영양소라는 것을
열에 아홉이 있어도 모자란 하나가
성장의 기준이 된다는 것을

최소량의 법칙은
독일의 화학자 유스투스 리비히가
무기질 비료로 식물을 키우다 알아냈다
비료 한 성분의 결핍 때문에
식물은 그 비료의 최소량만큼만 성장한다
최대량이 아니라
최소량이 성장률을 결정한다

이 법칙은

작물을 재배하는 농업뿐만 아니라
결핍을 성찰하는 개인과 사회에도 적용된다
아무리 지위가 높고 가진 것이 많아도
부족한 성분 하나가
그 사람과 그 사회의 성격을 규정한다
성찰을 통해 결핍의 정도가 확인되면
과감하게 뽑아버리는 것도 한 방법이다

세 자매 농법

농사를 잘 모르는 사람도
사이짓기라는 농사법을 들어본 적은 있을 것이다
두 가지 이상의 작물을 함께 심는 것을 말하는데
작물간 상호작용으로 생장이 촉진되는 농법이다
작물들은 서로 다른 전략으로 양분을 획득하므로
경쟁하기보다는 공생하려는 속성이 있다

대표적인 사이짓기 농사가 세 자매 농법이다
옥수수와 콩 호박을 함께 심는데
옥수수는 콩이 자라도록 지지대 역할을 하고
콩 덩굴은 옥수수가 쓰러지지 않도록 보강해주며
질소를 고정하여 주변 토양에 질소비료를 시비한다
땅에 붙어 자라는 호박은 잡초 발생을 억제하며
넓은 잎으로 그늘을 만들어 토양 수분 증발을 막는다

사이짓기를 섞어짓기라고도 한다
인간은 사람 사이를 뜻하므로 섞여 사는 존재이다
섞여 살면서 서로 돕고 나누는 법을 터득해왔다

이 방법을 농사에 적용하니 세 자매 농법이 나왔다
유럽 정복자들은 남미 원주민의 이 농법에 무릎을 쳤다
고질적인 식량 부족을 해결할 대안으로 꼽았다

세 자매 농법은 생명 다양성의 표본이다
생태지위의 상보성 때문에 자연계에 평화를 선사한다
자본주의 맹아기에 유럽 정복자들은
쉽게 짓고 거두기 편하게 한 가지 작물만 재배했다
독점하다 경쟁이 심해지면 전쟁을 일삼았다
고질적인 식량 부족은 생태계의 상보성을 무시하고
규모의 경제에 올인한 자본주의의 표상이다

지방 소멸

몇 년 전 우리 동네 변두리에
삼백 석 규모의 웨딩홀이 생겼다
널찍한 주차장에 유럽풍 건물
연회장 음식도 호텔급 수준이라 했다
셔틀버스까지 운행한다고 하니
이제 서울까지 갈 필요 없겠다고
자식들 결혼식도 여기서 올리고
손주들 돌잔치며 우리 부부 칠순 잔치도
동네에서 할 수 있어 좋다 했는데
몇 년 못 가서 휴업하더니
리모델링하여 다시 개관하겠다더니
장례식장으로 바뀌었다

식물의 기억력

식물의 기억력을 연구하는 과학자들이
가장 많이 언급하는 사례가 춘화현상이다
봄에 꽃을 피우는 식물들 대부분은
겨울의 매서운 추위를 기억한다
그 기억력으로 생물시계를 작동시켜
꽃망울을 터트릴 개화 시기를 결정한다
또 다른 사례는 해바라기 현상이다
태양을 추적하는 식물들은 동이 트기 전에
해가 뜨는 쪽으로 향하는 기억력을 발휘한다

식물이 움직이지 못한다 하여
주어진 환경에 무조건 순종하는 것은 아니다
식물은 자신이 뿌리내린 땅에서
주변 환경과의 상호작용을 통해
생존 전략을 짜고 이 모든 것을 기억한다
주변 환경을 인식하고 그 환경에 순응하는데
기억력이 결정적인 역할을 한다
식물에게 기억력은 비유전적 생존 본능이다
기억이 환경에 감응해야 비로소 식물은 성장한다

나뭇잎 공양

나뭇잎이 바람에 흔들리는 것은
나뭇가지를 보호하기 위해서이다
나뭇잎이 흔들리지 않으면
나뭇가지가 부러진다
나뭇가지가 부러지지 않으면
나무가 쓰러진다
뿌리가 통째로 뽑힌다

나뭇잎이 바람에 떨어지는 것은
뿌리를 보호하기 위해서이다
추운 겨울 뿌리가 얼지 않도록
낙엽으로 겹겹이 덮어주기 위해서이다
나뭇잎은 세상의 빛을 모으고
뿌리는 물을 길어 올려
생명이 일용할 양식을 만들었나니

겨울 지나 다시 봄이 오면
뿌리에 저장한 생명의 양식으로

새 나뭇가지를 내고
새 나뭇잎을 틔운다
나뭇잎은 변함없이 세상의 빛을 모으고
나뭇잎의 눈부신 공양으로
세상은 한껏 푸르다

곰팡이도 꽃이다

곰팡이가 피는 이유는
곰팡이도 꽃이기 때문이다
포자가 꽃씨처럼 날아다니다가
눈물이 마르지 않는 땅에 내려와
슬픔의 씨줄과 눈물의 날줄을 엮어
애도의 꽃 한 송이
저토록 하얗게 피우는 걸 보면

곡식에 핀 누룩곰팡이는
꽃을 한두 번 피워본 솜씨가 아니다
간장을 띄우는 것도 알고
막걸리를 빚는 것도 알지만
누렇게 꽃이 피어야
맛이 들고 술이 익는다는 것을
저토록 잘 알고 있는 걸 보면

곰팡이가 피운 꽃 중에
가장 화려한 꽃은 버섯이다

음지에서 자라고 양지를 지향한다
예쁘고 화려한 버섯일수록
독을 품고 있는 이유는
삶과 죽음의 경계에서 피기 때문이다
생사를 넘나들면서도
저토록 고고한 자태를 뽐내는 걸 보면

꽃

치매 예방과 활기찬 노년을 위해
지금부터 손 글씨와 그림을 배워보라 한다
손 글씨야 필체를 다듬는 일이라 어렵지 않았지만
그림은 주제 선정부터 어려웠다
그리워 그리는 것이 그림이라는 설명을 들으니
늘 그리운 어머니가 제일 먼저 떠올랐고
어머니의 분신 같은 꽃이 눈에 밟혔다

어머니 곁에는 언제나 꽃이 있었다
남편도 자식도 없이 종갓집에서 시집 살 때
외로움과 서러움을 뒤란에 핀 꽃으로 달랬다
꽃다운 청춘이 제 몸처럼 꽃을 가꾸니
고단한 시집살이도 그냥 살아졌다
꽃이 피면 독우물댁 웃음꽃도 만발하였다
활짝 웃으시는 어머니 모습이 그리운 꽃이었다

수제 맥주 양조장을 운영하면서
세균 바이러스 효모 같은 미생물을 만나보니

곰팡이도 꽃이라는 걸 알았다
현미경으로 본 곰팡이의 외모도 출중했지만
세상 모든 생명의 성장과 멈춤
삶과 죽음의 중심에 언제나 곰팡이가 있었다

곰팡이를 그려놓고
꽃이라 하면 치매로 의심받으려나

블레스 유*

잠을 평소보다 삼십 분만 덜 자도
하루 종일 하품을 한다
하품도 재채기처럼 몸 상태를 알려주는
사소하지만 유의미한 예후다

서양에서는 재채기를 하면
'블레스 유'를 외쳐준다
흑사병이 창궐했던 시절
재채기를 전조 증상으로 여겼다
신의 은총을 있기를 기원한다는 말은
건강을 잘 챙기라는 의미였다

주위에서 '블레스 유'를 외쳐주면
'땡큐'라고 화답한다
수백 년이 지난 지금도
축복과 감사는 최고의 명약이다

하품을 하면

'블레스 유'를 외쳐주긴커녕
무례하고 지루한 사람 취급한다
그럴 땐 스스로 외쳐주자
잠을 아껴가며 오늘도 열심히 살았다고
살아 있음에 늘 감사하다고

* 블레스 유 : God bless you.

제2부

웃기는 짬뽕

첫 인연

새벽 예불을 마치고
고요히 명상하시던 스님이
혼잣말로 중얼거렸습니다

새소리가 점점 크게 들리니
날이 밝아오는구나
오늘도 하루뿐인 날인데
어떤 인연이 또 우리를 살게 할까

그러자 금방 떠오른 햇살이
스님의 가사를 붉게 물들이고
어느새 그림자로 인연을 맺더군요

텅 빈 하늘

추사는 무량수(无量壽) 현판을 두 개 썼다
하나는 관악산 연주암에 걸려 있고
다른 하나는 예산 추사고택에 걸려 있다
무량수는 한없이 긴 목숨이라는 뜻이다
부처님의 법신(法身)을 일러 무량수라 하였다

추사기념관에서 무량수 현판 탁본을 샀다
'내 안에 한없는 목숨이 있다
그러나 그 목숨의 주인은 내가 아니다'
라고 부기(附記)하여 표구를 맡겼다
표구사 주인이 첫 글자를 자꾸 하늘 천(天)으로 읽어서
없을 무(無)의 옛 글자인 무(无)라고 알려 주었다

추사가 없을 무를 굳이 옛글자로 쓴 것은
하늘 천(天)과 같은 의미였기 때문이다
무(無)는 섶에 불을 질러 태우니
모두 사라진다는 의미의 없음이지만
무(无)는 하늘 천(天)을 닮아

하늘처럼 텅 비어 있다는 의미의 없음이다

무량수 현판 탁본을 다시 산다면
'내 안에 하늘 같은 목숨이 있다
그러나 저 하늘이 어찌 나만의 것이냐'
라고 부기해야겠다
텅 빈 하늘의 의미를 제대로 깨달았다면

제다 수행

주전자 뜨거운 물에 말린 찻잎을 띄우면
신기해라 찻잎은 꽉 쥐고 있었던 인고의 세월을
조금씩 풀면서 이파리 원래 모습으로 돌아오네
마침내 활짝 피었다가 가라앉을 때가 되면
인고의 세월보다 더 진한 맛과 향을 세상에 풀어놓네

스님들이 차를 즐겨 마시는 이유는
아홉 번 찌고 아홉 번 말린다는 구증구포 제다법이
수행자의 자세와 조금도 다르지 않기 때문이네
덖음과 유념의 정성이 곧 자기 수양임을 알기에
차를 마실 때마다 그 정성을 잊지 말라는 것이네

차를 권할 때 반 잔만 따라주는 이유도
차를 마실 때 손바닥으로 찻잔을 받치는 이유도
다 제다 수행의 결실이라네
차를 음미할 수 있는 시간과 공간이 찻잔에 담겨 있고
차에 대한 오롯한 마음이 손바닥에 담겨 있으니

웃기는 짬뽕

돼지 뼈나 닭 뼈를 우려낸 국물에 삶은 면을 넣고
볶은 야채와 해물을 얹어 먹는 일품요리가 짬뽕이다
육해공(陸海空) 재료의 조합이니 맛이 없을 수가 없다

한중일 삼국의 해양사가 담긴 음식인데
적산항로 뱃사람들이 안전 항해를 발원하며 먹었다
제 목숨에 공양하듯 국물 한 방울까지 먹고 나면
이상하게 바다가 두렵지 않았다
관음사의 심청도 법화원의 엔닌도 같은 경험을 했다
나라마다 조리법이 다르고 이름도 달랐지만
기록하기를 모두 해신(海神)이라 하였다

복합과 융합의 상징인 짬뽕을 희화화한 말이 있는데
어이없거나 황당한 경우를 일러 웃기는 짬뽕이라 했다
틀렸다 이 말은 이젠 두렵지 않다는 뜻이다

그 사내의 수염

산이 많은 강원도에는
골짜기마다 인생의 고수들이 산다
다 버리고 비웠다는 무욕의 증표로
머리와 수염을 길게 기르고
자기만의 세계 속에서
하고 싶은 일이 곧 수양이라 믿으며
가난하지만 부족함 없이 산다

다만 소식은 주고받아야겠기에
핸드폰만큼은 버릴 수 없어
통신비라도 벌 요량으로
가끔 주변 식품공장에서 일을 하는데
긴 머리는 위생 모자로 숨기고
콧수염은 마스크로 가릴 수 있지만
노출되는 턱수염이 문제였다

위생이 중요한 식품공장에서 일하려면
턱수염을 깎아야 한다고 하자

수염은 털이 아니라 정체성이라며
몇 날 며칠을 고민하더니
터럭 하나 버리지 못하는 걸 보니
아직 수양이 부족한 것 같다고
자기만의 세계로 다시 돌아갔다

뺨 맞은 일

술자리에서 일본 말을 했다가
그날 처음 만난 사람에게 뺨을 맞은 일이 있다

무설탕 잼 개발을 위해
대체당으로 과일 농축액을 선택하고
파인애플 농축액 수입업체를 만난 날이었다
대표의 명함을 받았는데 상호가 '까오리'였다

인도네시아 출장을 그와 함께 가야 했기에
술 한잔 하며 많은 대화를 나누었다
예상대로 그는 역사 덕후였다
고구려의 우리말 '까오리'를 회사명으로 할 만큼

한국어는 신라어를 계승한 것이고
일본어는 고구려어를 계승한 것이라는
어느 학자의 주장을 설명하고 그의 의견을 물었다
비교하는 차원에서 일본 말을 몇 마디 했다

순간 그의 손바닥이 내 뺨을 스치고 지나갔다

다음 날 그는 무릎을 꿇고 용서를 구하였다
드라마에서 본 사무라이의 결기에 찬 자세였다

역사전쟁

권력을 정당화하기 위해
국민을 길들여야 한다면
현재가 아닌 과거를 장악하라는 말이 있다
기록이 기억을 지배하기 때문이다
정권이 바뀔 때마다 과거를 장악하려는 시도를
사람들은 역사전쟁이라 부른다

고구려 계승을 건국이념으로 삼았던 고려를
신라 계승 국가로 만들었던 김부식은
『삼국사기』를 통해 고대사를 장악했다
광활한 만주를 지배했던 고구려 강역을 축소했고
그 땅에 세워진 발해를 우리 역사에서 지웠다
그래야 한반도로 쪼그라든
통일신라의 역사를 정당화시킬 수 있었다

조선 건국에 협력했던 고려 유학자들은
권력의 요구에 따라 중세사를 수없이 고쳐 썼다
재당 신라인들의 귀국을 왜구로 매도하면서도

그들과 함께 도모했던 위화도회군을 찬양했고
그들이 무서워 바다를 봉쇄했다
은둔의 나라 조선은 그렇게 정당화되었다

조선 이후의 역사를 두고 역사전쟁이 한창이다
나라를 잃고 역사를 빼앗긴 것도 모자라
반도만 남은 땅을 이념으로 갈라놓은 현대사를
오 년짜리 정권이 오천 년 역사를 능멸하고 있다
얼마나 더 빼앗기고 얼마나 더 갈라져야
역사를 스스로 지켜내는 자주국가가 될까

만들어진 것에 대하여

'만들어진'으로 시작되는 제목의 책이 있다
만들어진 신
만들어진 고대
만들어진 전통
여기서 '만들어진'이라는 단어의 의미는
처음부터 존재하지 않았거나
오래전부터 존재했던 것이 아니라는 뜻이다
다분히 부정적인 의미로 사용된 말이다

만들어진 것들은 언제나 필요에 의해 만들어졌다
신은 믿는 사람들이 만든 것이고
역사와 전통은 기록하고 기억한 사람들이 만든 것이다
그러므로 만들어진 것들은 잘못이 없다
부정적인 의미를 가질 이유도 없다
믿고 싶은 것만 진실이라 믿고
지키고 싶은 것만 전통이라 우겨온 우리의 잘못이다

만들어진 것 중에 사람의 생명도 있다

생명이 탄생하면 한 사람의 세계가 열리고
죽으면 그 사람의 세계가 닫힌다고 했다
결국 그 한 사람이 만든 세계에서 그가 산 것이다
그들의 세계가 모여 역사와 전통이 된 것이고
우리가 살고 있는 세상이 된 것이다
그러므로 세상은 온통 만들어진 것이다

역사의 반복

고백하건대 온몸이 흉터투성이다
흉터는 피를 흘린 상처가 아문 흔적이다
학교에서도 군대에서도 거리에서도
폭력이 난무했던 한 시대를 살았다
폭력으로 모든 것을 해결하려는 야만의 시대였다

여름에도 반바지와 반소매 옷을 입지 못했다
흉터가 모두 내 잘못인 양 부끄러웠다
공중목욕탕도 사우나도 갈 수 없었다
드러내기보다는 겨우 발만 담근 삶을 살았다
몸의 흉터는 마음에 똑같은 생채기를 남겼다

망루에서 고공 농성을 벌이던 노동자가
경찰의 진압봉에 맞고 쓰러지는 모습을 보았다
머리와 얼굴에 붉은 피가 낭자했다
피투성이인 채로 끌려가는 그를 본 사람들은 경악했다
폭력이 판쳤던 야만의 시대가 다시 온 듯했다

흉터를 한 시대가 성장하는 대가라 믿었다
아니었다 아문 상처보다 곪은 상처가 더 많았다
그래도 집단 지성의 힘을 더 믿었다
아니었다 진압봉의 쓸모는 예전 그대로였다
역사의 반복이란 흉터 위에 또 상처를 내는 것이었다

지문

벌써 몇 번째 겪는 불편인지 모른다
지난번 주민등록증 갱신 때 분명
열 손가락을 꾹꾹 눌러 지문을 등록했는데
인감증명서를 발급받을 때도
공항에서 간편 입국 심사 때도
심지어 경찰서에서 참고인 조사를 받았을 때도
지문인식기에 손가락을 갖다 대면
지문이 읽히지 않는다거나
겨우 읽힌 지문이 일치하지 않는다거나
아예 등록된 지문이 없다는 것이 아닌가

그럴 때마다 기계의 오류를 탓했지만
문명의 이기가 불편했고 내심 불안했다
내가 이 땅의 주인임을 증명할 방법이 없다니
납세와 교육, 병역과 근로의 의무를 다하고
이제 국민연금을 받을 나이가 되었는데
나의 존재를 손가락으로 증명하지 못하면
국가의 보호를 받지 못하는 난민이 되는 것은 아닌지

지문이 닳도록 열심히 일한 결과가
나이 들어 존재감 없이 사는 일이라니
그렇지 않아도 국민을 호구로 아는 나라에서

세대 불일치

십 대 이십 대 어린 학생들의 궐기가
시민혁명을 촉발시켰던 시대가 있었다
이삼십 대 젊은이들의 옹골찬 분투가
민주항쟁을 축제로 만든 시대도 있었다
사오십 대 노동자들의 목숨을 건 투쟁이
노동해방의 불꽃으로 타오르던 시대도 있었다

저마다의 외침과 피 흘림이 헛되지 않아서
경제성장과 민주화를 동시에 이루어낸 나라
쓰레기통에서 기어이 장미꽃을 피워낸 나라
찬사와 부러움을 한 몸에 받았는데
민주주의 국가의 모범 시민으로서
그 시대마다 주역이라 자부했던 어르신들이
태극기를 들고 거리를 배회하고 있다

깡패의 정석

주먹질과 돈질로
상대를 무너트리고 굴복시키는 깡패질이
멋있어 보일 때도 있었지만 단순 무식하여
한 시대를 풍미하면서도 장악하지는 못했다

'검사가 수사권 가지고 보복하면 그게 깡패지 검사냐'
누군가 깡패와 검사의 차이를 이렇게 규정하면서
검사도 깡패질을 할 수 있음을 고백했을 때
설마설마했다

그런데 압수수색과 기소 남발로
상대를 서서히 말라 죽이는 검사의 깡패질이
도를 넘어 시대를 장악하고 헌법 정신 운운하니
역시 깡패질은 단순 무식이 정석이었다

조작

식품 안전성 논란의 중심에 지엠오 식품이 있다
유전자 재조합 기술로 생산된 농산물을 일컫는데
흔히 유전자 조작 식품이라고 부른다

지엠오 식품 이용을 긍정하는 세계보건기구는
농약 사용 감소로 지구 환경이 개선되고
농산물의 생산량 증대와 특정 영양소 강화로
부족한 식량 문제를 해결할 수 있다고 주장한다
그러나 유전자의 형질 변화가 인체에 어떤 영향을 주는지
유해성은 없는지 안심하고 먹어도 되는지
검증이 더 필요하다는 반론도 만만치 않다
조작이라는 단어가 주는 부정적 이미지도 한몫한다

우리 사회도 조작이라는 단어 때문에 몸살을 앓고 있다
자본 시장의 근간을 흔드는 주가 조작과
민주주의의 꽃을 짓밟는 선거 여론 조사 조작 의혹이
한 정권을 위협하는 수준을 넘어 국가 위기를 조장하고
있다

이 조작 의혹이 사실로 판명된다면
한국 자본 시장은 세계 시장에서 비웃음거리가 될 것이며
경제성장과 민주주의를 동시에 이루었다는 자부심은
장미꽃이 피었던 그 쓰레기통에 처박힐 것이다

더 큰 문제는 이 모든 의혹을 덮었을 때 발생한다
조작이 일상화되면 모든 시스템이 붕괴되고
국가가 붕괴되는 것도 순식간이다

입의 무서움

식품 만드는 죄인이라는 말이 있다
식품업 종사자들이 위생 교육 받을 때 자주 듣는 말이다
생명 유지에 필요한 영양소를 공급하는 식품
그래서 먹는 약을 제외하고
입으로 섭취하는 모든 음식물을 식품이라 정의하였다
살기 위해 매일 먹고 마시는 식품이
도리어 건강에 해가 되지 않도록
나라마다 안전 기준을 정한 식품위생법이 있다
이 법에서 규정한 위생과 안전 기준에 못 미치면
식품을 만드는 사람은 잠재적 범죄자가 된다

식품업 종사자들은 원료 검사부터 완제품 검사까지
교차 검증부터 추적 검증까지
식품이 제조되고 유통되는 전 과정을 모니터링한다
사람 입이 얼마나 무서운지 잘 알기에
기준에 미달하는 식품은 절대 용납하지 않는다
부적합 구역에 따로 보관했다가 폐기한다
폐기할 때도 내역을 기록하여 반면교사로 삼는다

자격 미달인 사람들이 국정을 농단하는 세상이다
정치는 말로 하는 행위인데 사람 입 무서운 줄 모른다
나랏일 하는 죄인이라는 말도 곧 생길 것 같다

호칭

우리 회사 남자 직원의 호칭은 기사님이다
여자 직원의 호칭은 모두 여사님이다
나이에 상관없이 관습적으로 부르는 호칭인데
언제부턴가 직원들 스스로 상대를 그렇게 부른다
입사와 동시에 기사님이 되고 여사님이 된다

어렵고 힘든 일은 기사님의 일머리로 해결한다
제품 포장은 여사님의 야무진 손놀림으로 끝낸다
합심하여 공조하고 서로 공대하니
호칭이 직원들 인품이 되고 회사의 품격이 된다
놀랍게도 제품의 품질에도 영향을 미친다

영부인에게 여사라는 호칭을 붙이지 않았다 하여
세상이 시끄러웠다 예의 찾고 난리였다
그 흔하디흔한 여사 호칭을 붙이지 않은 것은
우리가 아는 여사님과 격이 달랐기 때문이다
그가 먼저 우리를 개, 돼지로 보았기 때문이다

제3부

다릿목 식당

땅의 역사성

역사는 반복된다고 한다
역사에서 교훈을 얻고 경각심을 가지라는 뜻이다
역사 덕후들은 땅의 역사성에 더 주목한다
그 땅에서 벌어진 역사가
자꾸 반복되는 것을 우려하고 경계한다
용산이 사람들의 입에 오르내리는 것도 이 때문이다

서울은 고려의 남경으로 너른벌(한양)이라 불렸다
우왕과 공양왕 때 잠시 천도하기도 했다
용산은 남산의 둔덕으로 원래 이름은 둔지미였다
둔지(둔덕)에 미(뫼)가 결합된 형태로 둔산이라고도 했다
전국의 수많은 둔지미 중에 대전에 둔산동이 있다
대전비행장과 공군교육부대가 있었던 곳이다

한양 둔지미도 군사 요충지여서 몽골군이 주둔했다
원 간섭기에 고려 왕들은 이곳에 자주 행차했는데
충숙왕과 조국장공주가 여기에 왔다가 왕자를 출산했다
용이 태어난 자리라 하여 용산이라 하였고

왕자를 일러 용산원자(龍山元子)라 하였다
한양 둔지미는 둔산 대신 용산이라는 이름을 얻었다

임진왜란 때 왜 잔병들이 집결한 곳도 용산이었다
명군은 이곳에서 왜군의 퇴로를 열어주는 협상을 했다
심유경이 배를 타고 와서 가토와 고니시를 만났는데
조선 사람 누구도 이 협상에 참여하지 못했다
원효로에 '왜명강화지처'라는 빗돌이 있다
일제강점기 때 일본인이 이 장소를 기념하여 세웠다

임오군란은 이 땅에 다시 외국 군대를 끌어들였다
위화도회군 이래 가장 큰 군사반란이었던 임오군란은
군인들의 체불임금 소요가 쿠데타로 비화한 사건이었다
고종은 청에 파병을 요청하여 반란을 진압하였고
군사물자를 관리하는 용산 군자감에 청군을 주둔시켰다
대원군이 이곳을 방문했다가 청에 끌려가기도 했다

청일전쟁에서 승리한 일본은 청군을 몰아내고

남산골에 한국주차군 사령부를 세웠다
마침내 러일전쟁에서도 승리를 거둔 일본은
대한제국을 병탄하는 데 거칠 것이 없었다
한국주차군 사령부를 용산으로 옮기고
한반도 지배의 모든 역량을 용산에 집결시켰다

남산골 사령부 자리엔 일본군 헌병대가 주둔했다
가까운 곳에 고문통치 기구인 통감부가 있었는데
통감부와 영사관을 경비한다는 구실이었다
훗날 헌병대 주둔지엔 수도방위사령부가 들어섰고
통감부 자리엔 안기부가 들어서 위세를 떨쳤다
군사정부는 일제의 유산을 그대로 받아들였다

일본과의 태평양전쟁에서 승리한 미국은
일본군 무장 해제를 위해 미군을 서울로 보냈다
미군은 제일 먼저 용산 기지부터 접수하였고
일본군이 건설한 병영을 미군 주둔지로 활용했다
신탁통치를 논의하기 위해 미소공동위원회가 열렸을 때

소련 대표의 숙소로 사용되기도 했다

한국전쟁 이후 창설된 주한유엔군사령부와
주한미군사령부가 용산 기지에 깃발을 꽂으면서
용산은 140년 동안 외국 군대가 주둔하는 땅이 되었다
아무리 둔지미 둔산이 군사적 요충지라지만
이처럼 오랫동안 금단의 땅이 되어
외세의 군홧발로 짓밟히는 신세가 될 줄 몰랐다

유엔군사령부와 미군사령부가 평택으로 이전하고
한국군사령부만 남은 용산에 대통령실이 옮겨왔다
용산 주둔군의 유산이 아직도 남아 있어서인지
친일 잔당들이 용산 땅에서 활개를 치고 있다
중요한 건 일본의 마음이라며 국민을 능멸하고 있다
대통령실을 한국주차군 사령부로 착각할 정도였다

역사는 반복된다고 한다
인간의 생각과 행동에는 합리적 모순이 많아서

똑같은 실수를 반복해도 역사의 교훈을 얻지 못한다
그럴 땐 땅의 역사성에 주목하자
그 땅에서 왜 똑같은 일이 반복되고 있는지
역사를 잊은 민족에겐 왜 미래가 없다고 하는지

영파

중국 남부 절강성 동쪽에
닝보라고 부르는 항구도시 영파가 있다
원래 이름은 명주(明州)였는데 명을 건국한 주원장이
'바다를 사로잡으면 파도가 잔잔하다' 라는 뜻의
영파(寧波)로 바꾸었다

올여름 태풍이 연달아 영파에 상륙했다
영파 앞바다에 있는 주산군도가 직격탄을 맞았고
강 건너 상해에는 물난리가 났다
중국 4대 불교 성지인 보타사가 걱정되었다
쓸데없는 남의 나라 걱정이 아니었다

중일전쟁으로 임시정부가 중경으로 피난했을 때
피난을 도운 국민당 정부 수반 장개석이
임시정부 일행을 위로하는 만찬을 열었다
그는 자신의 고향이 영파라고 소개하고
조상 대대로 옛 백제 땅에서 살았음을 강조했다

그런 역사를 몰랐던 김구는 부끄러웠다고 술회했다

음료회사 펩시와 거래하면서
싱가포르에 거주하는 펩시 부사장과 자주 만났다
화교인 그는 조상의 고향이 영파라 했다
영파가 옛 백제 땅이라는 사실도 알고 있었다
김구보다 역사를 배운 내가 더 부끄러웠다

주원장이 천하를 도모하는데
방국진 장사성 같은 해상 세력이 걸림돌이었다
주원장은 이들을 제압하기 위해 바다를 봉쇄했다
바다에 의지하며 살았던 해민들에겐 날벼락이었다
방장 세력 무리인 해민들 대부분은
한반도에서 건너온 백제 유민의 후손이었다

해상 세력을 제거하고 권력을 차지한 주원장은
살아남은 해민이 일으킨 해란을 잔인하게 진압했다
해민들은 해적이 되어 바다를 떠돌았는데

주산군도 섬들이 이들의 근거지가 되어주었고
보타사 관음보살은 이들의 수호신이 되어주었다

주원장이 이들을 왜구라고 불렀기에
고려에서도 왜구라 했지만 일본 해적이 아님을 알았다
공민왕은 고려로 건너온 이들을 받아주었다
800년 혹은 1000년 만의 귀환이었다
최영은 이들을 목대 잡아 요동 정벌을 계획했고
이성계는 토지 개혁을 단행하여 이들을 달랬다

영파를 떠났으나 한반도로 귀환 못 한 해민들은
동아시아 여러 나라로 흩어졌다
필리핀 베트남 말레이시아 태국 화교들의 고향은
그래서 한결같이 영파이다
해마다 수백만 명의 화교들이 보타사를 찾는다

영파는 중국 대운하의 남쪽 종착지였고
해상 실크로드의 동쪽 출발지였다

바다를 사로잡으면 파도가 잔잔하다며
모든 해상 연안을 봉쇄했지만
영파만은 해금을 풀고 대외에 개방했다
명을 사대했던 조선은 모든 바다를 봉쇄했다가
임진년에 왜란의 쓰나미(津波)를 맞았다

강화

강화의 옛이름은 혈구이다 갑비고차라 불렀다
혈구는 뜻을 적은 것이고 갑비고차는 소리를 적은 것이다
혈구는 나루 입구라는 뜻이며 갑비고차를 줄여 갑고지라
했다
갑고지를 갑곶이라 부르니 갑곶이 갑꽂으로 발음되었고
갑꽂을 갑화라고도 부르니 자음이 동화되어 강화가 되었다
뭐라 부르든 강화는 나루 입구요 한반도의 관문이었다

신라는 청해진 당성진 같은 군진을 대당 항로에 구축하면서
강화에 혈구진을 설치하여 등주항로를 보호하였다
고려는 몽골의 침략으로 강화로 천도하고 강도라 불렀는데
강도의 흔적은 사라지고 고려 왕릉 5기만 남았다
조선은 피난처 강화가 나라의 심장 같다 하여 심도라 불
렀다
외규장각에 왕실 서적을 보관했다가 프랑스군에 약탈당
했다

하루에 천여 척의 배가 강화를 거쳐 조강 포구에 정박했다

조강은 한강과 임진강 예성강이 만나는 삼기하(三岐河)였
으므로

백제의 위례성 고려의 개성 조선의 한성이 이곳에 자리하
였고

예성강의 벽란도와 임진강의 고량포 한강의 마포가 번성
했다

뱃길이 끊어지고 한반도의 관문이 하늘길로 열리니

강화 아래 섬 영종과 강화가 인천에 귀속되었다

강화를 생각하면 인천 부속 섬 위상이 너무나 초라하다

자기들 멋대로 행정구역을 나누고 붙이는 행태가 가소롭다

강화는 이 땅의 모든 역사를 품고 있는 땅이다

나라의 안녕을 기원하며 하늘에 초제를 지냈던 땅이다

통일 한국의 수도로서의 위상이 드높은 땅이며

여전히 우리 민족의 과거와 현재 미래의 관문이다

다릿목 식당

우리 동네 장터에는
정선군 근대문화유산으로 지정된 건물이 있다
호박돌로 쌓은 벽체와 나무로 짠 트러스
그 위에 양철로 지붕을 올린 이 낡은 건물은
정선선 철도 부설에 동원된 국토건설단의 숙소였다

"병역 미필자들은 국가를 위해 노동으로 봉사하고
떳떳하게 살아라"
군사정부의 포고령에 수만 명이 국토건설단에 자원했다
다릿목중기 김 사장 부친도 이때 자원하여
만삭의 모친을 데리고 이곳에 정착했다

모친은 숙소에서 멀지 않은 석항천 징검다리 건너편에
다릿목식당을 열고 돼지국밥을 팔았다
"흘리자 땀방울을 국토 건설에
이 강토에 뿌린 정성 꽃으로 피어나리라"
모친은 국토건설단가의 이 대목을 지금도 기억하고 있다

그러나 일 년 반만 열심히 일하면

예비역에 편입된다던 정부의 약속은 지켜지지 않았다
열 달 만에 국토건설단이 해체된 것이다
장비 없이 인력만 가지고는 할 일이 거의 없었다
더욱이 곧 닥쳐올 겨울에는 아무 일도 할 수 없었다

부친은 귀향 대신 인근 함백광업소 광부가 되었다
다릿목식당은 동료 광부들로 북적거렸고
광부들의 필수 영양식인 삼겹살 메뉴가 추가되었다
광산이 폐광되었을 때도 부친은 이곳을 떠나지 않았다
탄광에서 배운 포클레인 자격증으로 다릿목중기를 창업
했다

그해 태풍 매미가 온 나라를 할퀴고 지나갔다
산사태로 도로가 끊기고 철도가 유실되었다
피해를 복구하는데 부친 회사 장비가 큰 역할을 했다
광업소의 옛 동료들도 한걸음에 달려와 힘을 보태주었다
막장에서 함께 고생한 탄부들에게 부친은 늘 큰형님이었다

그런 부친을 허망하게 무너트린 것은 세월호 참사였다

광산이 폐광되자 새로운 일터를 찾아 안산으로 떠났던
옛 동료의 자식과 손주들이 여럿 희생되었던 것이다
그들만큼 비통해하던 부친은 점점 말수가 줄어들었고
평생 움켜쥐고 살았던 노동의 주먹을 내려놓았다

부친의 중기 사업을 물려받은 김 사장은
만삭의 모친이 몸을 푼 이곳에서 태어나고 자라서
그이만큼 우리 동네를 잘 아는 사람도 없지만
동네 사람들은 아직도 그를 외지 사람이라 부른다
외지 사람 주린 배를 채워주던 그 시절 다릿목식당처럼

햇살 경호

결혼하고 분가하면서 본적을 서울로 옮겼다
호주가 되었으므로 본적이 명시된 호적이 필요했다
서울 중구 신당동 432-2285를 본적지로 삼은 것은
부모님이 서울에서 처음 장만한 집이었기 때문이다
남산 성곽이 시작되는 둔덕 아랫동네로
장충동이라 불렀는데 지금은 다산동으로 불린다

둔덕에는 어영청 소속의 남수영 부대가 있었다
한양 성곽을 수호하는 군영인 이곳에
고종은 민비의 시해 현장에서 함께 순사한
군인들의 충정을 기리는 제단을 쌓았다
아들 순종의 글씨로 장충단이라는 빗돌도 세웠다
빗돌과 함께 조선의 자존심을 세우고 싶었다

조선을 강탈한 일본은 남산 둔덕을 요새화하면서
이곳에 일본식 정원과 공원을 조성했다
제단을 허물고 빗돌을 뽑은 것도 모자라
이토 히로부미(伊藤博文)를 추앙하는 절을 세웠다

그의 이름 따서 박문사라 하였다
궁궐의 석물과 정문이 이건되는 수난을 겪었다

해방이 되자 박문사비는 철거되었지만
본당은 영빈관 건설이 확정될 때까지 보전되었다
장충단공원에는 충혼전이라는 공동묘지가 들어섰고
현충원이 건립되기 전까지 국립묘지 역할을 했다
땅의 운명인지 몰라도 죽은 자를 위무했던 공간에
산 자의 연회장인 영빈관과 신라호텔이 지어졌다

1983년 IPU 제70차 총회가 서울에서 열렸다
각국의 국회의원 453명이 방한하였는데
수경사 헌병들이 의원 한 명씩 전담 경호를 했다
내가 경호한 독일 국회의원이 신라호텔에 투숙해서
나도 같은 층에 방 하나를 배정받았다
경호가 주 임무였지만 감시의 성격도 있었다

신라호텔에서 우리 집까지의 거리는 60미터

천천히 걸어도 2분이면 닿는 거리였다
창을 열면 내 방 안까지 내려다보이는 거리였다
손을 흔들어 부모님께 인사도 할 수 있는 거리였다
그러나 호텔 동쪽 창문은 모두 폐쇄되어 있었다
장충동과 약수동 산동네는 감추고 싶은 치부였다

독일 국회의원은 창문 폐쇄에 아쉬움을 토로하며
서울의 아침 햇살이 궁금하다고 했다
영빈관을 비추는 햇살은 안전하지만
객실의 햇살은 경호 대상이라고 농담했다
독일도 통일된 지 얼마 안 돼서
분단국가의 안보 정책이 이해는 되지만
햇살은 전혀 위험하지 않다고 그도 농담을 했다

남산 1983

그곳엔 아직도 샘물이 솟아나고 있을까
그 샘물가에서 치성을 드리며
용문에 오르길 소원했던 사람들이 지금도 있을까

1983년 9월
대한항공 여객기가 소련 전투기에 격추되었다
탑승객 269명 전원이 사망하였다
10월에는 버마에서 테러 사건이 발생하였다
순방 수행원 등 17명이 목숨을 잃었다
한반도의 긴장이 최고조에 달했던 그해 11월
로널드 레이건 미국 대통령이 한국에 왔다
그는 방한 기간 동안 용산 미군기지에 머물렀고
경호를 위해 용산이 내려다보이는 남산에서
수경사 헌병들이 24시간 매복 근무를 섰다

어둠이 걷히는 새벽이면 어김없이
하얀 소복을 입은 두 여인이 남산에 나타났다
샘물가에 제단을 차려놓고

한 시간 동안 치성을 드리다 사라졌다
무장한 군인이라도 등골이 오싹한 광경이었다
상부에 보고하겠다 하자 고참이 막았다
고참은 그들이 남기고 간 제사 음식을 탐닉했다
은밀히 그들의 제사를 엿보기도 했다
명복을 빌 요량이면 절에 가시든가 교회에 가시지
새벽마다 이 무슨 전설의 고향이란 말인가

그들이 제단을 차렸던 샘물가에 가서
솟아오르는 샘물을 보고서야 알았다
바닥에 용문이라는 두 글자가 새겨져 있었다

부동자세

버마 테러 사건 1주기가 다가오자 우리 부대는
국립현충원 경호경비 병력으로 투입되었다
1주기 추모 행사에 VIP가 참석할 예정이어서
금속탐지기로 현충원을 샅샅이 수색하는 임무였다
버마 사건이 아웅 산 묘소 참배 때 발생하였으므로
현충원 수색과 경비는 반면교사의 조치였다

시민들이 추모 공간을 이용하는 데 방해되지 않도록
수색은 이용 시간 이후에 집중적으로 이루어졌다
문제는 철야 경비 근무였다
아무리 공원답게 꾸몄다지만 현충원은 공동묘지였다
단독 근무를 기피하자 지역 방위병을 긴급 투입하여
2인 1조로 근무자를 편성하였다

현충탑 야간 근무 첫날
방위병에게 헌병의 뻗치기 자세를 알려주었다
다리를 어깨 너비만큼 벌리고
불끈 쥔 주먹을 양 허벅지에 붙이는 부동자세였다

고개는 절대 돌려선 안 되고 정면만 응시하게 했다
방위병은 시키는 대로 꼿꼿이 서서 근무를 섰다

그사이 주변 묘역을 순찰했다
비석에 새겨진 애틋한 사연을 읽으며 무서움을 달랬다
가끔 방위병 모습을 살폈다
굳건히 뻗치고 있는 모습에 주변이 숙연했다
보는 사람도 없는데 있어도 잘 보이지도 않는데
함께 밤을 새운 어둠이 대신 사과하고 있었다

화장실에서 죽다

12 · 12 군사반란을 소재로 한 영화를 보았다
내가 근무했던 부대가 영화의 주 무대였다
서울의 봄 3년 후 입대하여 이 부대원이 되었다
반란의 주역들은 여전히 현역에 있었고
수없이 복창했던 직속상관 관등성명은
반란의 일등공신인 헌병단장과 헌병감이었다

영화에서 가장 눈길을 사로잡은 것은
소변기가 일렬로 서 있는 화장실 장면이었다
반란에 끌어들이기 위해 상대를 설득할 때도
불안하고 초조하여 서성일 때도
반란에 성공하여 환호성을 터트릴 때도
그 장소가 매번 화장실이었다

부대 화장실은 은밀한 집합 장소였다
고참이 후임 졸병들 군기를 잡는 곳이었다
밤마다 한 차례 푸닥거리를 해야
마음 편하게 잠자리에 들 수 있었다

화장실로 집합시키는 기수를 똥기수라 불렀다
헌병 기수 중에 가장 굴욕적인 기수였다

화장실에서 주요 장면이 촬영된 것은
감독이 반란의 결말을 암시해주는 듯했다
근심을 푸는 해우소에서 푸닥거리를 한 것처럼
얼마 전 반란의 수괴가 화장실에서 죽었다
똥별다운 죽음이었다
반란의 시작과 끝에 화장실이 있었다

슬픈 경례

동기 중 한 명이 대대장 당번병이었다
전방 부대로 전출 가는 날 아침
대대장이 면담을 수락했다는 소식을 가지고 왔다
면담 자리에 그도 동기라는 이유로 동석했다
그가 끓여 온 커피도 함께 마시고
대대장 앞에서 같이 맞담배도 피웠다

대대장은 군사정권이라는 말을 싫어했다
군부독재라는 말은 더더욱 싫어했다
어떻게 수경사 헌병이 그런 말을 입에 담을 수 있냐며
다시 한번 핏대를 세웠다
전방 부대로 전출 가는 걸 다행으로 알라고 했다
그는 수경사 헌병들을 데리고
12·12 반란에 가담했던 정치군인이었다

이왕이면 최전방으로 보내달라고 했다
몇 달 남지 않은 군대 생활
철책선을 지키며 분단의 아픔을 느껴보고 싶었다

지긋지긋한 폭동 진압 충정 훈련
군복에 날을 세워 고되게 충성했던 서울에서
멀리 벗어나고 싶었다 무엇보다도
군사정권을 보위한 군인으로 남고 싶지 않았다

면담을 마치고 혼자 더블백을 싸고 있는데
대대장 당번병 동기가 도와주겠다고 왔다
군 부재자 투표가 공개로 진행된 지난 총선에서
이따위로 하니까 군부독재 소리를 듣는 거라고
입바른 소리를 했다가 이 사달이 났다
더블백을 메고 막 내무반을 나서는데
그가 큰 소리로 거수경례를 했다
충성! 잘 가라

클래식 음악의 추억

서울에서 군 복무 하다가
자의 반 타의 반으로 전방 부대로 전출 갔다
경비소대 소속으로 연대 위병소에서 근무했는데
이 소대는 기상 나팔 대신
클래식 음악으로 아침을 깨우는 전통이 있었다

매일 아침
비발디의 사계 중 겨울 2악장이 내무반에 울려 퍼졌다
아무리 고참의 취향이라지만
같은 음악을 매일 듣는 것이 지겨워서
하루는 모차르트 피가로의 결혼 서곡을 틀었다
그러자 고참이 위병소 면회실로 부르더니
다짜고짜 여자친구가 있냐고 물었다
없다고 하자
그럼 자기 음악에 손대지 말라고 경고하였다

고참은 그해 겨울에 제대한다고 했다
비발디의 사계 중 겨울은

제대를 기다리는 그의 간절한 마음이었고
2악장은 그의 여자친구가 가장 좋아하는 음악이었다
그러나 그는 그해 겨울에 제대하지 못했다
여자친구가 결혼한다는 소식을 듣고 근무 중 사라졌다
상부에는 무장 탈영으로 보고되었다

전쟁에 미친 나라

베트남 사람들은 한국을 한꾁이라 부른다
간혹 남쥬띤(남조선)이라 부르는 사람도 있다
북한을 박쥬띤(북조선)이라 부르는 사람들의 말투다
베트남전쟁 때 불렸다는 따이한(대한)은 들리지 않는다

베트남을 월남이라 부르는 한국 사람도 점점 줄고 있다
월남전을 기억하는 세대가 아니면 익숙하지 않은 호칭이다
사람들은 북한도 베트남전쟁에 참전한 사실을 잘 모른다
미군 전투기와 하노이 상공에서 공중전을 벌였다

남북한은 1,000일 동안의 동족상잔으로도 부족했는지
베트남 10,000일의 전쟁에 각자 다른 용병이 되어
반공과 통일이라는 명분을 위해 서로 총부리를 겨눴다
한국군 장병 5천여 명과 북한군 조종사 십수 명이 전사했다

미군은 6만 5천여 명이 목숨을 잃었고
베트남은 민간인을 포함하여 3백만 명이 희생되었다
학살이 아니라면 정말 살육이 아니라면

어떻게 이토록 많은 사람들이 죽을 수 있단 말인가

벌써 50만 명이 희생된 우크라이나 러시아 전쟁에
북한군이 러시아 용병으로 참전할 거라는 소식이 들린다
한국은 이미 우크라이나에 150만 발의 포탄을 제공했다
유럽 전체보다도 많은 양이라고 했다

한국군이 베트남전쟁에 참전하여 돈을 벌었던 것처럼
북한군이 러시아 용병으로 나선 것이 돈벌이 때문이라면
그렇게 돈 벌어서 잘 살게 된 나라 한국을 보라
세계 8위의 무기 수출국이 된 전쟁에 미친 나라를 보라

이태원

한때 이태원은 수제 맥주의 성지였다
수제 맥주가 오직 생맥주로만 유통되던 시절
수십 종류의 수제 맥주를 맛볼 수 있는 곳은
이태원이 유일했다

맥주 덕후들이 상업 양조를 꿈꾸며 이곳에 모여들었다
나도 슬그머니 발을 담그고 골목을 누비고 다녔다
한 집에서 딱 한 잔씩만 마시며 순례를 했는데
모든 맥주의 맛이 똑같다고 느껴지면 순례를 끝냈다

참사가 발생한 시간은
모든 맥주 맛이 똑같다고 느꼈던 그 시간대였다
그날 이태원은 할로윈의 성지였으므로
골목마다 순례자들로 넘쳐났다
순례를 끝낸 사람들과
성지에 막 도착한 사람들이 좁은 골목에서 뒤엉켰다

몸을 가눌 수 없을 만큼 밀집된 공간에서
누군가 넘어졌고 도미노처럼 사람들이 쓰러졌다

수백 명이 쓰러지는 데 걸린 시간은
불과 십 몇 초에 불과했다

이태원은 길손이 하룻밤 묵어 가는 역원이었다
잡초만 무성한 녹사평 지나 동작나루에서 한강을 건넜다
순례자 159명은 하룻밤이 아니라 영겁의 세월에 잠들었다
숨이 막히고 기가 막혀
다시는 돌아올 수 없는 강을 건넜다

왜 이토록 많은 사람이 한꺼번에 죽어야 했는지
아무도 설명해주지 않았다
잘못을 시인한 사람도 책임지겠다고 고개 숙인 사람도 없
었다
그날 이태원은 무정부 상태였고
사랑하는 가족을 잃은 유족들에게 대한민국은
지금도 무정부 상태다

참사 현장 위 언덕배기에
망자의 영혼을 달랬던 부군당이라는 당집이 있다

이 동네가 공동묘지였음을 참사가 나고서야 알았다
수만 기의 묘들이 망우리로 이전되었다고 하는데
그곳에서 시름을 잊고 편히 쉬고 있는지 모르겠다

기묘한 희망

개화사상의 비조로 추앙받고 있는 오경석
그의 반역은 더 이상 역사의 비밀이 아니다
중국 사행 중에 몰래 영국 외교관과 접촉하여
프랑스가 병인년에 일으켰던 난리처럼
포함(砲艦)외교를 요청한 그의 행동을 두고
오죽했으면 영국 외교관이 기묘한 희망이라 표현했을까
강화도조약 체결에 앞서 일본과 내통하여
무력 과시를 조언하고
조선의 내부 사정을 밀고한 것은 또 어떤 희망이었을까

한어 역관이라 중국 정세에 밝았던 오경석
아편전쟁으로 만신창이가 된 중국을 반면교사 삼아
외세의 힘을 빌려서라도
조선의 몽매를 깨우치려 한 그의 개화사상이
자칫 나라를 위험에 빠트릴 수 있다는 생각은 안 했을까
자신의 행동이 조국에 대한 반역임을 정말 몰랐을까
그럼에도 불구하고 정1품 승록대부 벼슬로 예우하고
개화운동의 선각자로 역사에 기록하였으니
이 기묘한 희망은 우리 역사가 만든 희망 아닌가

골목길

도성에 사는 중인 주거지를 여항(閻巷)이라 했다
구불구불한 골목길이란 뜻이다
신분의 벽 때문에 국정에는 참여할 수 없었지만
여항에는 문장이 뛰어나고
혜안이 밝은 중인과 서민이 많이 살았다
서촌 웃대 옥인동이 대표적인 여항 동네였다

경아전 구실아치와 역관 의관이 이 동네 주민이었다
양반 못지않은 학식과 재산을 소유한 이들은
시사(詩社)를 결성하고 합동 문집을 발간했다
인왕산 옥류동 계곡에서 옥계시사가 탄생하였고
청계천 광통교 주변 육교시사가 명성을 떨쳤다
조선의 르네상스는 이들이 주도한 문예운동이었다

하늘은 지난해 진 꽃으로
다시 올해의 꽃을 삼는 법이 없다는 말이 있는데
반상의 차별이 없는 평등한 세상을 꿈꾸었던 이들이
자신들의 삶에 새긴 금언이었다

훗날 개화운동을 이끈 목대잡이도 중인이었고
친일 부역에 앞장선 이들도 중인이었다

북촌 골목길은 한옥 순례자로 넘쳐나고
서촌도 대로변은 고급 주택들이 즐비한데
옥인동 골목길은 더 이상 사람이 살지도 찾지도 않는다
도시 재생 지역이라 재개발이 제한된 탓도 있지만
문화유산 보존을 핑계로
중인이 이룩한 역사를 망각에 묻어버렸기 때문이다

이순신을 위한 변명

노량해전에서 이순신이 죽은 것은
왜놈이 쏜 흉탄 때문이 아니었다
선조 임금의 살의(殺意) 때문도 아니었다
그의 죽음으로 왜란을 끝내고
이긴 전쟁으로 기록하고 싶은 역사 때문이었다
영웅이 절실히 필요한 역사 때문이었다
나의 죽음을 알리지 말라는 유언은
영웅이 되기에 부족함 없는 서사였으므로
충무라는 시호에 성웅(聖雄)을 더하였다

그러나 이순신은 영웅으로 죽지 않았다
어진 선배와 의로운 백성들의 도움으로
봉화 춘양에서 봄볕같이 따스한 여생을 보냈다
난중일기를 복기하고 미리 징계하여
후환을 경계하는 일을 선배와 도모하였다
이순신이 오래 살았다는 전설이 새삼 기쁘다
선조 임금보다도 더 오래 살았다
어질고 의로운 백성이 있는 나라에서는
끝까지 살아남은 자가 영웅이다

제4부

부끄러움의 힘

다음 차례

어머니 장례식에 문상 오신 노부부가
영정사진을 한참 보시더니
곱기도 하셔라
나이가 들어도 여전히 천사 같으시다고
천사가 다녀 가신 거라고 위로해주셨다

국화 한 송이 가지런히 놓고
살아생전의 고인을 만나기라도 하듯
두 눈을 꼭 감고 속삭이시는데
가만히 들어보니
다음은 우리 차례라고 말씀하시는 것 같았다

굶어 죽을 결심

살면서 단식을 두 번 해봤다
한 번은 전출 간 전방 부대에서
불확실한 내일의 희망을 버리기 위해
또 한 번은 IMF 사태로 모두가 힘들었을 때
사업을 접어야 하나 고민하면서

살기 위한 단식은 열흘을 넘기지 못했다
굶주림은 단련이 되면 될수록
끊임없이 본능에 충실할 것을 강요했다
굶어 죽을 결심이 아니라면
살아야 한다는 욕망 앞에 무릎 꿇으라고

이후 평생 무릎 꿇고 살았다
단식으로 감당할 수 없는 시련이 왔을 때도
굶는 것이 일상이 되어버린 고통 속에서도
나 한 사람 무릎을 꿇으면
식구들은 굶지 않아도 되었기에

버팀목이 되어주시던 어머니가 쓰러졌다
골반이 골절되어 거동할 수 없다고 했다
구순이 넘어 수술도 안 된다고 했다
어머니는 단호하게 곡기를 끊고 영면하셨다
염습할 때 입안 가득 쌀을 넣어드렸다

푸른 하늘의 날

달력에는 절로 끝나는 국경일과
날로 끝나는 기념일이 표시되어 있다
정월에만 유일하게 국경일과 기념일이 없고
주로 오월과 시월에 집중되어 있다
오월에는 열세 개
시월에는 무려 열여섯 개가 몰려 있는데
오월은 계절의 여왕이고 시월을 계절의 왕이라 했으니
기념일이 이 두 달에 몰려 있는 것은 당연하다
기념할 날이 많다는 것은 좋은 일이다
눈부셔라 구월에는 '푸른 하늘의 날'도 있다

아버님은 탁상달력에 하루 일과를 메모하셨다
글씨를 한문 초서로 써서 아무도 알아보지 못했다
어머니는 동그라미를 그려 날짜를 기억하셨다
동그라미 하나는 생일이었고 두 개는 제삿날이었다
두 분을 회상하며 탁상달력을 넘기는데
'푸른 하늘의 날' 옆에 작은 글씨가 보였다
'회사 창립 30주년'

올해 탁상달력에 제일 먼저 기록한 메모였다
잠시 눈시울이 붉어진 것은 30년 세월의 풍상이
생전의 부모님 모습과 중첩되었기 때문이다

먹깔

부모님 유품을 정리하다가
누렇게 바랜 대나무 그림 족자를 발견했다
부모님이 서울살이를 처음 시작했던 약수동
단칸방에 어울리지 않게 걸려 있던 그림이었다
해진 가름대를 종이로 덧댄 모습도 그대로였는데
종이를 붙인 당사자가 소년 시절의 나였다

그냥 보관하자는 아내를 설득하여
훼손된 부분을 복원하여 보관하기로 했다
아내는 족자로 복원하길 원했지만
부모님 생각에 액자로 표구하여 걸어놓고 싶었다
표구사 주인도 액자를 강력 추천하였다
그림의 먹깔 때문이었다

옛 먹의 색깔을 구현하기가 쉽지 않아서
요즘 그림에서는 볼 수 없는 먹깔이라고 했다
귀한 작품이니만큼 잘 보관하려면
비단으로 배접하고 참죽나무로 표구하라고 했다

그러자 아내가 이왕이면 대물림되도록
가장 튼실한 재질로 만들어달라고 했다

선물

딸아이는 여섯 살 때
산타클로스가 엄마라는 걸 알았다
유치원 행사에 온 엄마가
산타클로스로부터 받고 싶은 선물 목록에
딸아이가 '강아지'라고 쓴 것을 보고
얼른 『그리스 로마 신화』로 바꾼 것이다
딸아이는 산타클로스가 진짜 강아지는 아니어도
강아지 인형쯤은 선물할 줄 알았는데
책 선물을 받고는 어리둥절해했다
선물이 바뀐 것 같다고 선생님께 말하자
선물 목록을 확인한 선생님께서
엄마의 선물이 맞다고 확인시켜주었다
너무 일찍 산타클로스의 존재를 알아버렸지만
딸아이는 이십여 년이 지난 지금도
이 산타클로스의 선물을 소중히 간직하고 있다

좋은 손해

사업을 하다 보면 손해를 볼 때가 많다
이득과 손해는 프로세스가 같아서
발효와 부패처럼 결과를 예단할 수 없을 때 발생한다
이알피라는 회계 시스템의 분석도
완벽하게 손해 금액을 산정해주지 않는다
가장 좋은 손해는 재물만 잃었다고 믿는 것이다
마음이야 쓰리고 아프겠지만
건강을 잃지 않고 신망도 잃지 않고
가족의 응원도 변치 않아야
재물의 손해를 감당할 수 있다
단언컨대 감당할 수 있으니까 손해이다
감당할 수 없으면 손해가 아니라 재앙이다

종종종

언제부턴가 아내의 걸음걸이가
예전 모습과 많이 달라졌다
한복을 입으면 뒷모습이 아름답고
걸음걸이가 우아했는데
신윤복의 미인도처럼
자태와 순정이 돋보였는데

아이들 다 키워놓고
남편 사업 돕겠다고 나선 후로는
제일 먼저 걸음걸이가 달라졌다
앞서 걷는 일이 더 많아졌고
걸을 때마다 종종종
쫓기듯 바삐 걷는 모습에 마음이 아팠다

우리 부부 연애할 때
나 잡아봐라
장난치며 뜀박질한 적 없어
지금 하자는 거냐고 농담했더니

눈 흘기는 아내 등 뒤로
푸른 초장 쉴 만한 물가가 펼쳐졌다

어떤 낭만

양복 입은 신사가
베트남 여성이 운전하는 오토바이 뒤에 타서는
한 손으로 그녀의 흩날리는 머리칼을 잡고
다른 한 손으로 서류가방을 품에 안은 채
하노이 시내를 누비고 다녔던 시절이 있었다
20년 전이고 베트남이니까 가능한 일이었다

그때만 해도 헬멧 착용을 강제하지 않았던 때라
남녀가 함께 오토바이를 타면
운전하는 남성을 뒤에서 여성이 끌어안고
등에 얼굴을 기댄 모습이 데이트의 정석이었는데
운전하는 여성의 머리칼을 고삐처럼 움켜잡고
불안에 떠는 남성의 모습이 볼썽사나웠던지
오토바이가 멈출 때마다 바라보는 시선이 따가웠다

통역도 하고 오토바이도 운전했던 그 여성은
회사의 초청으로 남편과 함께 한국에서 일했는데
가끔 베트남을 다녀와서는

이젠 베트남에서도 반드시 헬멧을 써야 한다며
오토바이로 데이트하는 낭만이 사라졌다고 아쉬워했다
그녀가 말한 낭만은 베트남 말로도 낭만이었다

불사르면 생기는 일

도심 한복판에 전자제품을 쌓아놓고
멀쩡한 TV를 불태운 사건이 있었다
칠레의 수도 산티아고에서 있었던 일이다
어렵게 개척한 남미의 가전 시장에서
일본산 TV의 아류 취급을 받으며
먼지만 쌓여 있는 자사 제품을 보고 화가 난
모 그룹 회장이 내린 결단이었다

소방차까지 출동한 이 방화 사건은
언론이 대서특필할 만큼 충격적인 이벤트였기에
한국 TV의 인지도를 높이는 계기가 되었고
현지 판매회사 또한 적극적인 판매를 약속했다
이 사건은 극단적인 노이즈 마케팅 사례로 소개되어
결단과 용기가 필요할 때 종종 인용되고 있지만
나는 안다 그가 불살랐던 것은
TV가 아니라 울분이었다는 것을

누구나 가슴 한구석에 먼지만 쌓여 있는 생각들을

불살라버리고 싶을 때가 있다
울분을 한줌의 재로 날려 보내고 싶을 때가 있다
그럴 땐 더 이상 오래된 생각에 미련을 갖지 말자
후회를 바닥에 깔고 회한을 켜켜이 쌓자
불사르면 생기는 일이란
쌓여 있는 것들이 재가 되어 사라지는 것이다

배은망덕

베이루트 한 호텔에서 불타는 지중해 그림을 보았다

바다에 펼쳐진 레바논 역사가 저녁놀에 붉게 타오르고 있었다

호텔 측에 그림 구입 의사를 밝히자 작가가 직접 찾아왔다

베이루트에 살고 있다는 이탈리아 출신의 젊은 화가였다

가격을 흥정했으나 의견 차이를 좁히지 못해 구입을 포기했다

그도 아쉬웠는지 통 크게 작품을 구입하는 중국인을 빗대며 어느 나라에서 왔는지 물었다

한국 사람이라 하자 그의 입에서 뜻밖의 한국말이 튀어나왔다

"안녕하세요 동명부대 알아요"

동명부대는 우리나라가 레바논에 파병한 유엔평화유지군이다

2007년부터 지금까지 레바논 남부 타르에 주둔하고 있다

화가도 유엔평화유지군으로 레바논에 왔다가 정착한 경우였다

동명부대와 같은 소속의 서부여단에서 근무했다고 했다
유엔은 레바논과 이스라엘 접경 지역에 블루라인을 설치
하고
양국의 군대를 블루라인 뒤로 철수시켰다
블루라인에는 유엔평화유지군 이탈리아 대대가 주둔했다
동명부대는 이탈리아 대대의 후방부대였는데
화가는 동명부대에서 태권도를 배웠다고 자랑했다

호텔은 레바논 출장을 주선한 음료회사 펩시에서 예약했다
외국인이 많은 이 호텔이 제일 안전하다고 했다
펩시 현지 직원도 신변 안전을 우선적으로 챙겨주었다
유엔평화유지군이 있어 그런지 치안은 불안하지 않았다
레바논은 이스라엘의 침공으로 수 차례 전쟁을 치렀다
이스라엘의 건국으로 팔레스타인에서 쫓겨난 아랍인들은
레바논에 모여 팔레스타인해방기구와 헤즈볼라를 결성
했다
이스라엘은 눈엣가시 같은 이 무장단체의 척결을 공언했고
유엔평화유지군은 전쟁 재발을 막기 위해 레바논에 주둔

했다

2024년 10월 레바논에서 다시 전쟁이 벌어졌다
팔레스타인 가자 지구의 하마스를 척결한 이스라엘은
총부리를 레바논 헤즈볼라로 돌렸다
유엔은 레바논이 또 다른 가자 지구가 되는 것을 염려했
지만
이스라엘의 표적 공습은 멈추지 않았다
지상군은 블루라인을 넘어 레바논으로 진격했다
이 과정에서 유엔평화유지군의 저지선이 무너졌고
다수의 유엔평화유지군 부상자가 발생했다
유엔평화유지군을 파병한 나라들은 큰 충격을 받았다

이스라엘은 유엔의 도움으로 건국한 나라였다
나라가 없어 세계 곳곳에 흩어져 살던 유대인들은
예루살렘으로 돌아가 나라를 세우자는 시온 운동을 벌였다
팔레스타인에 긴장이 고조되자 유엔은 이 땅을 분할하여
유대 국가와 아랍 국가를 각각 건국하는 결의안을 채택했다

처음부터 유엔의 결의안을 반대해온 아랍권 나라들은
이스라엘과 끊임없이 갈등하고 분쟁하며 전쟁을 치렀다
그때마다 미국의 지원을 받은 이스라엘이 매번 승리하였고
아랍인들은 자기가 살던 땅에서 난민이 되었다

이스라엘은 유엔평화유지군의 레바논 철수를 요구했다
핵무기를 보유한 나라로서 더 이상
서방세계의 도움 따위는 필요 없다고 허세를 부렸다
프랑스 대통령이 유엔 결의로 탄생한 나라임을 환기시키며
이스라엘에 전쟁 무기 수출 중단을 호소하자
이스라엘 총리는 나치에 협력했던 프랑스 역사를 소환했다
나치의 탄압에도 끝까지 살아남은 홀로코스트 생존자들이
피의 대가로 이스라엘을 건국한 것이라고 목청을 돋웠다
미국은 가짜 휴전과 엉터리 평화를 중재하며 무기를 팔
았다

비밀번호

아파트 현관 비밀번호가 생각나지 않아
갑자기 머릿속이 하얘진 적이 있다
비밀번호가 한꺼번에 엉켜버린 적이 있다
기억을 더듬어 이것저것 눌러보다가
집에 못 들어간 적이 있다
핸드폰도 없던 시절 계단에 앉아
아내를 기다려본 적이 있다

그날 밤 아내가 심각한 얼굴로 물었다
통장 비밀번호는 기억하냐고
기억에만 의지하지 말고 기록하라고
암호처럼 적어서 지갑에 넣고 다니라고
비밀번호를 다시 암호로 만들면
비밀번호를 기억하는 것보다 더 어렵지 않을까
과연 내 생애에 그 암호를 다 풀 수 있을까

부끄러움의 힘

성공한 사람들은
특이한 습관을 하나씩 가지고 있다
부끄럽다고 말하는 것도 그중 하나이다
성공이라고 말하기가 부끄럽다는 건지
아니면 성공한 사람 대접 받는 것이
부끄럽다는 건지 모르겠으나
분명한 것은
부끄러움을 숨기지 않는다는 것이다

성공한 사람들이
부끄럽다고 말하는 이유는
더 이상 자신을 속이지 않아도 되기 때문이다
억지로 당당할 필요가 없기 때문이다
모자라면 모자란 대로 부족하면 부족한 대로
수치스럽지만 않으면 비굴하지만 않으면
부끄러움도 힘이 된다는 걸 알기 때문이다
그걸 아니까 성공하는 것이다

만세와 박수

기념식에서 만세와 박수가 빠질 수 없다
만세는 영원하라는 의미의 구호인데
삼창을 해야 천지인에게 고한 것이며
박수는 한통속임을 결의한 행위인데
열심히 손뼉을 치다 보면
기념식의 주인공이 자신임을 알게 된다

잠에서 깨어 기지개를 켤 때
두 팔을 번쩍 들어 만세를 부르자
오늘도 살아 있음을 천지만물께 고하자
손뼉을 쳐서 열심히 살자고 결의하자
이 소박한 의식이 지루한 일상을
날마다 기념일로 만들어줄 것이다

시 낭송

아들 결혼식에서 축시를 낭송하다가
바람처럼 울컥하여
후다닥 시를 읽어버린 적이 있다
낭송하는 것과 그냥 읽는 것은 느낌이 달라서
하객들은 갑자기 어리둥절해하였고
시 낭송을 적극 권했던 아내만 미소 지었다

시는 짓는 것보다 새겨 듣는 것이 더 어렵고
듣는 것보다 낭송하는 것이 더 어렵다는 것을
아들의 결혼식에 오점을 남기고서야 알았다
눈 감고도 낭송할 수 있는 자작시를
시인들은 왜 시에서 눈을 떼지 못하고
한 소절씩 절규하듯 낭송하는지를

동강에 물들다

강변에서 십여 년 살다 보니
강물이 흐르는 방향으로
단풍이 물드는 이유를 알겠다
물살이 빠른 여울목은
단풍이 조금 더 빨리 물들고
강물이 은파 금파로 반짝이는 어라연은
높아진 하늘만큼 천천히 물들어서
강물을 거슬러 올라가면
사방천지가 단풍 세상인데
오던 길 돌아 강물 따라 내려가면
단풍보다 내가 먼저 물드는 것을

강변에서 또 십여 년 살다 보니
바람이 불어가는 방향으로
단풍이 물드는 이유를 알겠다
강물에 떨어진 낙엽은
강물에 비친 단풍을 더욱 붉게 물들이고
한 곳에서 풍경을 지켜온 수고를

바람이 불어가는 곳으로
강물이 흘러가는 곳으로
멀리 떠나 보내나니
처음엔 이런 데서 어떻게 사나 싶었는데
이젠 내가 먼저 떠날까 염려하는 것을

다시 쓰여질 앞으로의 역사를 위한 제언

이병국

시대를 슬퍼하고 세속을 개탄하다

윤기묵 시인은 「시인의 말」에서 정약용의 말을 인용하여 "나라를 걱정하지 않으면 시가 아니고/시대를 슬퍼하고 세속을 개탄하지 않으면/시가 아니"라고 전한다. "기록이 기억을 지배한다"는 의미에서 "역사는 승자의 기록"이자 기억을 둘러싼 쟁투의 결과 값으로 우리에게 각인된다. 기실 역사가 지닌 어떤 진실은 현재의 관심에 좌우되는 변수일 따름이다. 그런 점에서 역사란 권력을 쟁취한 이들의 전리품일 수도 있다. 까닭에 시는 혹은 시인은 그렇게 기록되고 전달된 역사의 교훈에 맹목적 복무하기보다는 그 안에 담겨 있는 허위와 기만을 비판하고 문제를 제기해야만 한다. 또한 과거를 바탕으로 교훈을 얻지 못한 "어리석음을 꾸짖"고 부정의한 "사실을 깨우"쳐야 한다. 그것이 정약용이 말하는 시의 본류일 테다.

윤기묵 시인이 수행하는 시적 행위는 바로 이러한 시의 본류를 지향한다. 이를테면 「역사전쟁」에서 시인은 "기억을 지배하"는 기록으로서의 역사를 장악하여 "국민을 길들"이고 "권력을 정당화"하려는 정권의 시도를 꾸짖는다. 이러한 시인의 준엄한 일갈은 2024년 12월 3일 비상계엄 선포와 그로 인해 헌법재판소의 전원 일치 판결로 파면되기 이전의 정권과 그를 둘러싼 극우 세력이 보여준, '역사전쟁'이라는 헛된 욕망의 민낯을 드러내며 그것이 야기한 부정의한 현실을 사유토록 한다. "오 년짜리 정권이 오천 년 역사를 능멸"한 일에 대해 시인은 "나라를 잃고 역사를 빼앗긴 것도 모자라/반도만 남은 땅을 이념으로 갈라놓은 현대사"의 아픔을 치유하기는커녕 그 상처를 더욱 깊게 만들어 분열과 갈등을 초래한 일임을 지적한다. 나아가 시인은 「땅의 역사성」에서 외세에 의해 군사적 요충지로 활용된 '용산'이라는 지리적 공간에 깃든 역사를 톺으면서 부정한 권력의 현재를 비판하며 "역사에서 교훈을 얻고 경각심을 가지라는" 충언을 마다치 않는다. 특히 "친일 잔당들이 용산 땅에서 활개를 치고" "국민을 능멸하고 있"는 상황에서 "대통령실을 한국주차군 사령부로 착각할 정도"로 반국가적 행태를 보이는 점을 지적한다.

"인간의 생각과 행동에는 합리적 모순이 많"다지만 "똑같은 실수를 반복해도 역사의 교훈을 얻지 못"하는 점은 무엇 때문일까. 전 정권이 자주 언급했던 '자유민주주의'는 기실

랑시에르가 『정치적인 것의 가장자리에서』(길, 2013)에서 지적하듯 민주주의의 공동체적 본질 그리고 이해를 조정하는 보이지 않는 손의 자유주의 세계에서 비용과 이윤을 따지는 개인적 계산 사이의 다소 본성에 반하는 결합으로 나타난 것이다. 이는 민주주의와 개인주의가 서로 반대 방향으로 나아가는 것에 불과하며 소유적 개인들의 지배가 도래한 가운데 서로 공모하는 크고 작은 자본가들의 사회를 불러오는 자기기만일 뿐이다. 진정한 민주주의라면 데모스가 사회체의 전체 표면 위에 현존하는 주체로서 구성되어 있어야 하지만 권력을 잡은 이들이 수행한 역사전쟁의 결과로 우리가 경험하는 민주주의적 인간의 모습은 완전한 민주주의 공동체 관념과는 모순되는 듯 보이는 것이 사실이다. 이는 작금의 한국 사회가 권력을 쥔 자의 역사적 인식에 따라 민주주의의 보편적 가치를 왜곡하고 이를 자기 입맛에 맞게 재조정하여 지배 도구로 활용하고 있기 때문일 것이다. 이러한 사회적, 정치적 불화의 상황에서 시는 정약용의 말처럼 나라를 걱정하고 시대를 슬퍼하며 세속을 개탄하지 않을 수 없다. 또한 윤기묵 시인처럼 모두를 패자로 만드는 저 행위의 어리석음을 꾸짖어 개별 존재가 지닌 삶의 지각과 감각을 날카롭게 벼리고 그들을 고유한 역사적 층위에 올려놓음으로써 새로운 공동체를 확립하고 이를 정치적 주체화의 준거로 삼을 필요가 있다. 윤기묵 시인의 시집 『곰팡이도 꽃이다』가 지향하는 바가 여기에 있다.

환등상의 쾌락과 곪아가는 상처

윤기묵 시인의 시적 응시는 권력자의 역사를 향한 욕망의 부조리함뿐 아니라 그것이 아로새겨져 있는 개인을 전유한다. 까닭에 개인의 몸에 기록된 흉터를 통해 시대의 야만을 폭로하며 "승자독식"(『생존과 독식』)의 신자유주의적 자본주의가 강제하는 성과 주체의 고통을 가시화한다.

> 고백하건대 온몸이 흉터투성이다
> 흉터는 피를 흘린 상처가 아문 흔적이다
> 학교에서도 군대에서도 거리에서도
> 폭력이 난무했던 한 시대를 살았다
> 폭력으로 모든 것을 해결하려는 야만의 시대였다
>
> …(중략)…
>
> 흉터를 한 시대가 성장하는 대가라 믿었다
> 아니었다 아문 상처보다 곪은 상처가 더 많았다
> 그래도 집단 지성의 힘을 더 믿었다
> 아니었다 진압봉의 쓸모는 예전 그대로였다
> 역사의 반복이란 흉터 위에 또 상처를 내는 것이었다
>
> ──「역사의 반복」 부분

화자는 "피를 흘린 상처가 아문 흔적"으로 "흉터투성이"인 자신의 몸을 통해 "폭력이 난무했던", 즉 "폭력으로 모든 것을 해결하려" 했던 "야만의 시대"를 복기한다. 그러면서 화자

는 그것을 과거의 흔적으로, "모두 내 잘못인 양 부끄러"워하며 드러내기보다는 감추고 싶은 불화의 흔적으로 여기며 살았다고 고백한다. 그저 "한 시대가 성장하는 대가"로 믿고자 했던 것이라 할 수 있겠다. 하지만 어느 날, "망루에서 고공 농성을 벌이던 노동자가/경찰의 진압봉에 맞고 쓰러지는 모습"을 보며 "야만의 시대"가 회귀하는 것을 목도함으로써 화자는 상처가 흉터의 형태로 아문 것이 아니라 심층에서 곪아가고 있었음을 깨닫는다. 그 어떤 "집단 지성의 힘"보다 강렬한 "진압봉의 쓸모는 예전 그대로" 지금 이곳에 자리하고 있었다는 사실은 존재의 실존을 위협할 정도로 거대한 충격으로 다가온다. 4·19시민혁명이나 6·10민주항쟁 혹은 노동자 대투쟁의 시대를 거쳐 획득한 "경제성장과 민주화"(「세대 불일치」)는 "흉터를 한 시대가 성장하는 대가"로 여기게 할 만하였으나 그것을 가능케 했던 개인의 삶은 여전한 갈등과 폭력에 노출된 채 내부로부터 곪아갈 따름이었다.

2009년 재개발 과정에서 벌어진 용산 참사가 기왕의 경제성장에서 자행된 권력의 폭력성을 작금의 일로 가시화한 것이라면 426일이라는 고공 농성 세계 기록을 세워야만 했던 파인텍 해고 노동자의 투쟁이나 2025년 이 기록을 갱신한 구미 한국옵티칼하이테크 해고 노동자들의 고공 농성 및 13년간 이어진 콜텍 노동자의 투쟁과 평택 쌍용자동차 해고자 복직 고공 농성 등은 경제성장이라는 공적 역사의 이면에서 희생된 개인의 참혹을 드러내는 일이었다. 거기에 2022년 도

크를 점거하고 자신을 비좁은 철창에 가둬야만 했던 대우조
선해양 하청 노동자 파업과 이를 강경 진압했던 당시 정권
의 행태는 "폭력이 판쳤던 야만의 시대"가 과거의 역사가 아
닌 현재진행형의 역사임을 분명히 했다. 그뿐만 아니라 경제
성장과 민주화를 이루었다고 자부할 만한 이들 역시 그 어떤
사회적 안전망에 포섭되지 못한 채 각자도생의 승자독식에
내몰려 불안정한 삶을 살아가며 "태극기를 들고 거리를 배
회"(「세대 불일치」)하고 있는 상황은 비극적이기만 하다. 전체가
부분들의 집합은 아니겠으나 적어도 전체는 개체들에 내재
한 실체가 되어야 하는데 오늘날의 사회는 이를 경원시하고
있다. 특히 대한민국이라는 국가의 공적 역사를 만든, 그리
고 만들어 가는 이들에 대한 경의를 표하지 않고 관념과 이
념에 취해 개별적 삶을 방치함으로써 소외로 내모는 저 부정
한 권력의 양태는 "흉터 위에 또 상처를 내"며 존재를 곪아가
게 할 따름이다.

> 울타리로 자신을 지켜온 인간은
> 가장 큰 울타리인 국가의 생존 방식에 복종했다
> 산양의 죽음을 희생이라 생각하지 않았고
> 생태계의 기본 원리인 적자생존의 결과라 믿었다
> 국가의 폭력에 대해선 철저히 침묵했다
> 겨울이 오기 전에 울타리를 걷어내지 않으면
> 이 땅에 더 이상 산양은 없다
>
> ─「울타리」 부분

만들어진 것 중에 사람의 생명도 있다
생명이 탄생하면 한 사람의 세계가 열리고
죽으면 그 사람의 세계가 닫힌다고 했다
결국 그 한 사람이 만든 세계에서 그가 산 것이다
그들의 세계가 모여 역사와 전통이 된 것이고
우리가 살고 있는 세상이 된 것이다
그러므로 세상은 온통 만들어진 것이다

—「만들어진 것에 대하여」 부분

핸드폰 카메라 화면에 수평선을 고정시키고
사람들은 해가 떠오르기만을 기다렸다
감시용 드론이 날아다니는 바닷가 저편에서
마침내 붉은 해가 조금씩 떠오르자
사람들은 와 함성을 지르며 촬영 버튼을 눌러댔다

—「해맞이 풍경」 부분

　부조리한 세계의 폭력으로 말미암아 발생한 상처가 아물지 않고 곪기만 하는 이유는 어쩌면 그것에 내재한 착취의 메커니즘을 똑바로 응시하지 못하는 존재의 어리석음에 있는 것인지도 모른다. 윤기묵 시인은 개별 존재인 우리가 "가장 큰 울타리인 국가의 생존 방식에 복종"하며 그에 대한 비판 능력을 상실한 데에서 그 원인 중 하나를 지적한다. 인간의 이해를 위해 산양의 이동 통로를 막아 그들을 죽음으로 내모는 울타리의 폭력성을 인지하지 않고 그저 "생태계의 기본 원리인 적자생존의 결과"라고 치부하는 안일한 인식이 기실 "국가의 폭력에 대해" "철저히 침묵"하는 것과 다르지 않음을 윤기묵 시인은 분명한 어조로 개탄한다. 저 기만적 인식이야말로 국가의 폭력과 그것을 내면화한 인간의 폭력이 야만을 지속시켜 존재를 대상화하고 착취함으로써 부조리한 희생을 양산해 내는 일임을 폭로하고 있는 것이다.

세상에 존재하는 모든 것은 개별적 삶의 역사를 바탕에 두고 "만들어진 것"이며 그리하여 하나의 "세계가 열리"게 된다는 점을 우리는 간과하며 살고 있다. 우리의 삶은 우리가 "만든 세계에서" 살아가며 구성되는 것이다. 이러한 사적 층위의 "세계가 모여 역사와 전통이 된 것이고/우리가 살고 있는 세상이 된 것"임에도 이를 깊이 사유하지 않는다는 점에서 세계의 부조리가 심화되는 것이라고 시인은 진술한다. 당연하게 받아들이고 있는 외적 진부함 속에 숨겨진 의미 작용의 관계를 바로 보지 않는다면 세계는 존재를 부정의한 방식으로 억압하고 착취함으로써 비참의 구렁텅이로 우리를 밀어 넣을 것이 분명하다. 하지만 작금의 우리는 이를 비판적으로 사유하기보다는 당장의 순간을 소비하는 데 머물러 있다. 이는 마치 "핸드폰 카메라 화면에 수평선을 고정시"켜 새해의 해맞이를 박제하는 일과 유사하다. 내용을 향유하거나 사유하지 않고 가상의 형식으로 포착한 채 이를 환등상(phantasmagorie)의 쾌락으로 전유하는 어리석음. 이는 세계의 부조리와 역사적 사건을 깊이 성찰하고 공적인 장에서 소통하기보다 흥미로운 무엇으로 대상화한 채 사적으로 소비하는 데 그친다. 이러한 행태는 마치 "복합과 융합의 상징"이자 "두렵지 않다"는 역사적 맥락을 지닌 "짬뽕"을 "웃기는 짬뽕"의 수준으로 희화화하여 소비하는 일과 다르지 않다(「웃기는 짬뽕」). 윤기묵 시인은 이러한 무지성으로 말미암아 "자격 미달인 사람들이 국정을 농단하는 세상"(「입의 무서움」)의 야만이 지속되고 세월호 참사와 이태원 참사 등의 일이 반복되는 것이라 단언하는 듯 보인다.

'한울'이라는 공동체

이와 같은 윤기묵 시인의 시적 언어가 '보여주기(showing)'의 미학적 성취보다는 '말하기(telling)'로 진술된다는 점은 아쉬움으로 남지만 전하고자 하는 메시지를 선명하게 드러내는 데에 뚜렷한 효과를 지니는 것이 사실이다. 이는 앞에서 읽어왔듯이 공적 역사를 자신의 입맛대로 변주하여 활용하려 드는 세계의 폭력을 고발하는 데 유용하며 우리로 하여금 "결핍을 성찰"하여 그 정도를 확인하고 "과감하게 뽑아버리는 것"(「최소량의 법칙」)을 제안할 때, 즉 당위적 행위를 요청할 때도 유용한 수사라 할 수 있다. 물론 윤기묵 시인의 시적 수행을 이렇게만 단정할 수는 없다. 시인의 시에 내재한 시인 혹은 화자의 경험이 구체화되어 발화되는 지점 역시 이번 시집에 주요한 방법론으로 차용되기 때문이다.

수제 맥주 양조장을 운영하면서
세균 바이러스 효모 같은 미생물을 만나보니
곰팡이도 꽃이라는 걸 알았다
현미경으로 본 곰팡이의 외모도 출중했지만
세상 모든 생명의 성장과 멈춤
삶과 죽음의 중심에 언제나 곰팡이가 있었다

—「꽃」 부분

곰팡이가 피는 이유는
곰팡이도 꽃이기 때문이다
포자가 꽃씨처럼 날아다니다가
눈물이 마르지 않는 땅에 내려와
슬픔의 씨줄과 눈물의 날줄을 엮어
애도의 꽃 한 송이
저토록 하얗게 피우는 걸 보면

—「곰팡이도 꽃이다」 부분

　「꽃」의 화자는 노년에 들어 "치매 예방과 활기찬 노년을 위해" "손 글씨와 그림을 배워보"려 한다. "그리워 그리는 것이 그림"이라는 설명을 듣고 어머니를 떠올린 화자는 "어머니 곁에는 언제나 꽃이 있었다"는 사실을 기억해낸다. 그리하여 종갓집에서 시집살이를 해야 했던 어머니의 "외로움과 서러움"을 달랜 것이 꽃이었다는 사실에서부터 존재의 아픔을 달래는 대상을 성찰하는 데로 나아간다. 흥미로운 점은 그 대상이 "세균 바이러스 효모 같은 미생물"인 곰팡이라는 데에 있다. 곰팡이는 혐오스러운 외형과 달리 자연 생태계의 분해자 역할을 수행하며 유기물을 분해하여 토양으로 환원시키는 핵심 역할을 한다. 즉 자연계에서 영양의 순환을 담당하는 것이다. 그뿐 아니라 장을 만드는 누룩곰팡이나 치즈를 만드는 푸른곰팡이, 맥주나 와인 생산의 주요 소재인 효모처럼 곰팡이는 식품 가공과 페니실린 등의 제약 분야에서도 활용된다. 물론 부패와 병원균으로서의 부정적 역할을 하지 않는 것은 아니지만 나름의 존재론적 의의를 지닌 채 우리 삶의 많은 부분에서 긍정적 역할을 하고 있다. 그중에서 가장 중요한 일은 "세상 모든 생명의 성장과 멈춤/삶과 죽음의 중심"에서 자연적 순환을 담당하는 일일 것이다. 이를 부정한 대상의 단순 긍정으로 볼 수는 없다. 오히려 부정된 것을 긍정의 층위로 승화시키는 인식의 전환이자 고통받는 존재를 향한 위무의 가능성을 모색하는 전복적 사고라 할 수 있겠다.

한편으로 이는 "주변 환경과의 상호작용을 통해/생존 전략을 짜고 이 모든 것을 기억"하는 식물의 "비유전적 생존 본능"과 유사하면서도(「식물의 기억력」) 자신과 관계 맺는 존재와 상호작용함으로써 공생을 추구하는 "생명 다양성의 표본"으로 "규모의 경제에 올인한 자본주의"의 폭력성과는 달리 "자연계에 평화를 선사"하는(「세 자매 농법」) 삶의 양태를 표상하는 것처럼도 보이기도 한다. "포자가 꽃씨처럼 날아다니다가/눈물이 마르지 않는 땅에 내려와/슬픔의 씨줄과 눈물의 날줄을 엮어/애도의 꽃 한 송이"를 피우는 곰팡이의 생애야말로

"삶과 죽음의 경계"에 머물며 "덖음과 유념의 정성"을 다하는 "수행자의 자세"(『제다 수행』)와 다를 바 없다. 그런 점에서 시집의 표제로 쓰인 「곰팡이도 꽃이다」는 그러한 삶의 양태를 그 어떤 화려한 삶보다 긍정하는 시인의 마음이 투사된 것인지도 모를 일이다.

> 인내천(人乃天)이라 하여
> 사람이 곧 하늘인 줄만 알았는데
> 시천주(侍天主)라 하여
> 사람은 누구나 한울을 모시고 있다는구나
> 한울을 모시고 있는 사람이 하늘이라는구나
> 하늘은 큰 우리라는 뜻의 한울과 통하고
> 한울은 사람을 하늘처럼 섬긴다는 뜻과 통하니
> 사람은 누구나 하늘을 모시고 있는
> 위대한 존재라는구나
>
> 사람만 하늘처럼 섬기는 것이 아니라
> 천지만물도 하늘처럼 모시고 섬긴다는구나
> 풀 한 포기 나무 한 그루도
> 겨우 하루만 사는 벌레조차도 소중한 존재라는구나
> 하늘과 사람 만물을 섬기는 사상은
> 세상 어디에도 없는 생명사상이라는구나
> 생명 존중만이 인류가 살고
> 지구를 살릴 수 있는 유일한 길이라는구나
> 사람만이 할 수 있는 위대한 일이라는구나
>
> ―「시천주」 전문

'역사전쟁'의 양상에서 드러난 헛된 권력욕과 부정의한 욕망으로 점철된 작금의 정치적 상황을 비판하고 야만으로 표상된 폭력적 세계를 비판하는 윤기묵 시인이 새로운 공동체를 확립하고 이를 정치적 주체화의 준거로 삼아 우리 삶의 고유한 역사적 층위로 재정립할 방안으로 제시하는 바는 "시천주(侍天主)" 사상이라 할 수 있다. "사람이 곧 하늘"이라는 '인내천(人乃天)' 사상은 인간 중심주의적인 사고에 기반을 둔다. 그것은 인간을 중심에 두고 그 이외의 존재를 타자화함으로써 착취를 정당화한다. 또한 '인간'의 범주를 특정한 지위나 권력을 지닌 존재, 이를테면 기독교, 이성애, 비장애, 백인, 남성과 같은 존재로 제한하고 이를 보편의 정상성으로 설정하여 그 이외의 존재를 비인간으로 배제하는 잘못을 범한다. 이러한 오류를 극복하는 방법으로 시인은 '시천주'를 내세운다. "한울을 모시고 있는 사람이 하늘"이라는 '시천주'의 의미는 얼핏 '인내천'과 다를 바 없어 보이지만 그 안에는 기왕의 사고를 전복하는 혁명적 전환이 깃들어 있다. "하늘은 큰 우리라는 뜻의 한울과 통하고/한울은 사람을 하늘처럼 섬긴다는 뜻과 통"한다는 점이 그것이다. 그리하여 "사람은 누구나 하늘을 모시고 있는", 다시 말해 '우리'를 섬기는 이야말로 사람, 인간이 될 수 있는 것이다. 이때의 '우리'는 타자를 포함한다. 이 세계로부터 소외되고 배제된 존재인 타자를 포용하고 이를 섬길 때 비로소 위대한 존재로 존중받고 살아갈 수 있다는 '시천주' 사상이야말로 시인이 이번 시집을 통해 우리에게 전하고자 하는 중심 메시지라 할 수 있다. 덧붙여 이때의 타자는 비정상, 혹은 비인간으로 내몰린 사람만이 아니다. "풀 한 포기 나무 한 그루"나 "겨우 하루만 사는 벌레"를 포함한 "천지만물"을 포함하기에 "하늘과 사람 만물을 섬"길 때 비로소 '우리'라는 공동체를 이루어낼 수 있는 것일 테다.

이러한 시인의 인식 전환은 하늘 '천(天)'을 닮은 '무(无)'의 의미를 경유한다. "섶에 불을 질러 태우니/모두 사라진다는 의미의 없음"인 '무(無)'와는 달리 '무(无)'는 "하늘처럼 텅 비어 있다는 의미의 없음"을 뜻한다(「텅 빈 하늘」). 없는 것이 아니라 '비어 있음'의 상태는 무한한 가능성으로 충만하다는 의미이기도 하다. 세상의 모든 것을 포용하고 연대해 나갈 수 있는 가능성이 바로 '무(无)'에 담겨 있는 것이다. 까닭에 윤기묵 시인은 "내 안에 하늘 같은 목숨이 있다/그러나 저 하늘이 어찌 나만의 것이냐"라고 적으며 포용과 연대의 가능성으로서 '시천주'의 의미를 되새기고 이를 "지구를 살릴 수 있는 유일한 길"이자 "사람만이 할 수 있는 위대한 일"이라고, 우리가 추구해야 할 삶의 가치이자 지향이라고 전한다.

알다시피 "기억을 지배하"는 기록으로서의 역사를 장악하여 "국민을 길들"이고 "권력을 정당화"하려는(「역사전쟁」) 정권의 시도는 또 한 번 좌절되었다. 그것은 하늘과 같이 '비어 있음'으로 모든 존재를 포용하는 광장의 연대로부터 비롯된 것이다. 부정의한 권력과 부조리한 세계를 향한 울분과 분

노를 "한줌의 재로 날려 보내"기 위해 "불사르면 생기는 일이란/쌓여 있는 것들이 재가 되어 사라지는"(「불사르면 생기는 일」) '무(無)'일 뿐 새로운 시작을 위한 토대를 마련하는 일과는 거리가 있다. 오히려 "후회를 바닥에 깔고 회한을 켜켜이 쌓"되 "오래된 생각에 미련을 갖지"(「불사르면 생기는 일」) 않음으로써 '무(无)'를 예비하는 것이 중요하다. "모자라면 모자란 대로 부족하면 부족한 대로" 자신을 받아들이고 그 "부끄러움의 힘"(「부끄러움의 힘」)에 기초하여 '너'와의 연대를 이루어 서로를 섬기며 앞으로 나아가는 일이 요구되는 것이다. 지난 역사를 반성하고 그로부터 얻는 교훈을 통해 우리의 어리석음을 부끄러워하고 이를 바탕으로 모든 존재를 포용하여 새로운 역사를 기록해갈 의무가 우리에게 있다. 앞으로의 역사는 그렇게 다시 쓰여질 것이라고 윤기묵 시인은 시집 『곰팡이도 꽃이다』를 통해 우리에게 전하고 있다.

李秉國 | 시인 · 문학평론가